许昂 — 著
By Xu Ang ■

惊蛰

The Waking of Worms

长江出版传媒 | 长江文艺出版社

万丈高楼平地起　可我要回到　山水间去

致莉慧和东亮
世间独独爱此二人耳

我想我永远也不可能成为一个艺术家（代自序）

我很怕死。

乔治娜正相反。

约莫一年前的八月，她对我说，她一点儿都不害怕死亡，如果有谁要取她的命，她就张开胸膛："要拿就拿走吧。"那当口我眼睛盯着桌上的小菜，心里却怦怦怦怦跳了好久。

她跟我一般大，天津人，在波基普西上学，曾经的志向是做一名伟大的建筑师。不过瓦萨学院没有建筑系，她只好改行学音乐。去年暑假她试图向我兜售一本王小波的书，今年暑假我们一直没再联系过。可我觉得她可以成为一名艺术家，而我不行。

因为真正的艺术家都不怕死。

真正的艺术家们勇于将艺术凌驾于躯干之上，在冥冥中探求未知的可能性。而死亡是其中最极致的可能，遇见便笑脸相迎，哪有躲的份儿。盖棺定论的时候，啪的一下被众人贴上一个大家的标签，便是成了。

不过这标签最好是别人来贴，若是自行自诩，免不了自卖自夸的嫌疑。道理其实很简单，我可以说我是写字的，却万不能说我是作家；你可以说自己是画画的，不能讲自己是画家；她可以说她唱歌弹琴，却不能说自己是音乐家。

所以我想这辈子就算我写了再多字，也不会自称作家，除非等我死了。可我从不念身后事，想想还是算了。自己当是能写就写，名头全交由别人评说。不求做一名云端游行的艺术家，而是做一个田地里挥汗如雨的农人，闲时跟蝴蝶和蜜蜂说一说话，优哉游哉，雅俗共赏。

二〇一四年八月我没有再见乔治娜，倒是写了不少诗，吵了不少架。其实诗也没写多少，不过是给诗集收收尾。吵架则是三天一大吵，两天一小吵。尽管风平浪静时我是他们口中的好女儿，他们也是我眼里的好父母，争吵的时候却彼此说许多刻薄而伤人的气话，哪怕四十分钟后就又都觉得那些话毫无道理和意义。我其实非常确信我深爱着他们，他们也深爱着我，可是他们时常觉得我吃得太多。

归根结底是我的意志过于薄弱。不吵的时候，我清楚地知晓我有多擅长食用垃圾食品和多热爱观看无聊的电视节目。每隔三个月我就会在日记里大彻大悟一次：原来我的痛苦和不堪都来自于我的臃肿和不努力。

但偏偏我清醒的时刻少，浑噩的时候多。浑噩时我不是捧着电脑就是捧着薯片袋子，清醒时我能写上几首诗。其实这个集子里有不少首诗是写给我爸的，他还胡乱和了一首附在其中并洋洋自得。我想我对他的爱是一种诗化的感怀至深的爱，只能在诗句里讲出来。在生活里我极怯于当面表达感情，一般什么都不讲。

但我爱我妈的方式不是写诗，是和她吵架，是拍着胸脯保证我下学期一定会好好学习，是一边跟她分享我的薯片一边肆无忌惮地讲身边小男生们的坏话，我觉得她像一个小孩儿。

中学同学雷波顿在跟我一块儿喝苦瓜瘦肉汤的时候说，这两种爱简直是高下立见，一种是精神的爱，一种是物质的爱。他英文名叫雷，波顿是他初中最爱的青春歌舞电影男主人公的姓，因而他管自己叫雷波顿。他是个挺有意思的人，在康奈尔和光华里选择了光华，喜欢木心，能背下初中每次大考年级第一的名字。

我说，你简直是大错特错。

对我而言，要是有什么能打败诗，估计只有生活。

每个小孩在不长不短的童年岁月里，都会被陌生或熟悉的大人们问起是更喜欢爸爸还是妈妈。每个小孩都机智且圆融地回答说都喜欢。我不例外，但不是出于机智或圆融，哪怕当年我自认是个十分机智、有点儿圆融的小孩儿。

我是真不知道，也觉得不需要知道怎么回答这个问题。因为这两种爱我都特别需要。我需要在冷风吹进脖颈的时候写一首悲伤的诗，也需要在乏味的伊萨卡油腻的中餐馆里想念我妈的手艺。她做饭很好吃，尽管这几年来精力大不如前，总是偷懒煮她二姐也就是我二姨包的饺子蒙混过关。但其实我也没的抱怨，饺子挺好吃的，韭菜虾仁馅儿的尤其好吃。

真是没辙。

北京的夏天特别爱下雨，而我特别爱雨天，当然前提是我在屋里头，没有淋得一身湿漉漉脏兮兮。八月中旬的一天夜里，窗外轰隆隆地下着暴雨，我侧耳听着滚滚雷声，意识到也只能这样了。不管我们吵与不吵，体谅不体谅，好不好好说话，我只会越来越远，聚少离多。我可以赌咒发誓一生都不再吃薯片都不再看肥皂剧，但我没法改变这个事实——我们相交最甚的年月已经过去了，还能有多少缘分，我们说的都不算了。

也只能这样了。

九月我回了学校,依然没戒掉薯片,依然非常推崇村上春树。如果别人想跟我聊文学,我一定会大谈特谈《挪威的森林》,再捎带几句卡尔维诺,也就是他们两个。其实卡尔维诺的小说我都读得一知半解,因为见识过于浅薄,总也琢磨不透书中的隐喻。同时我又是一个拒绝借助前人解读的不求甚解的读者,因而并不着急,想着许是再过十年就懂了。不过我的朋友们都不读卡尔维诺,也不怎么读村上,所以我平时总没有机会与人讲我最喜欢的东西。

好在大一下学期的时候有一门亚洲文学与影视主题的写作课。我瞧见课程介绍里"挪威的森林"这几个字的时候就义无反顾把它排在我写作课的第一志愿,却没有抢到。开学前守着电脑,费尽周章才挤了进去。可惜这门课有一半的内容是日本动漫,我一点儿兴趣都提不起来。可是班上其他美国同学全是冲着动画片去的。

写作课老师萨莉是美籍华人,诗歌硕士刚毕业,四肢极细瘦,说话不是很利索。一整个学期里我们唯一一次顺畅的交流是在一个叫宙斯殿的咖啡厅里,我向她表达了我对《挪威的森林》的热爱,我说主人公渡边的每句独白都像是我的心里话。她说她十九岁的时候也是那么想的。迄今为止,她是唯一一个同我有如此共鸣的人。

我高中有一位同学李生,是优秀的代名词。高二学代会竞选学生会主席最后一轮的时候我与他平票,虽然最后他当上了主席,我当时当着几百位与会代表哭出了声,但现在不是特别在意了。不过那天可能是我与所谓优秀与进取距离最近的一天,从那之后我就越走越远,糊里糊涂地过了一年半载,草草申请了七所常春藤学校,收了六封拒信,进了康奈尔。与此同时,李生的英语考试几乎都考了满分,去了哈佛。二〇一四年寒假我请几位高中同窗来家里吃饭,他在我的书架上看到了许多如何上哈佛云云的书,我觉得有点尴尬。书是我妈买的,她曾经很真诚地希望我能上哈佛。我曾经也很真诚地希望我能上哈佛,我也曾经志在必得地要当学生会主席,信誓旦旦地说 SAT 会考满分,但是现在的我走上了一条奇怪的路。在年三十的早上翘课看春晚直播,在每一个周六雷打不动地一睡不醒,吃着一袋又一袋烤肉味薯片,在写不出论文的时候写一首诗,在房间里大声唱歌,每学期去七次健身房，交了一群同样不是特别进取的朋友，跟他们一起吃薯片。

二〇一四年夏天我再见李生的时候，他说了几句《挪威的森林》的坏话。我却说我感觉我自己就是渡边，想他所想，看他所看。李生便说那我的精神一定不太正常，因为渡边的精神就不大正常。我觉得他说得非常中肯。我觉得我的脑子已经偏离了主流思考的轨道许久了。要是再偏一点，偏到把能抛弃的都抛弃，让那个消极的、迷茫的、怠惰的自我横冲直撞地生活，我就能成为一个艺术家。可惜我又贪心又优柔寡断，又想向云端飞，又想沉进深海，最终只能在陆地上化作一摊温暾的水。

我写作课期末论文的题目是《绿子生长，直子死亡——论〈挪〉中现代主义与后现代主义的呈示、交战与战果》，立论写得野心勃勃，论证因为拖延而仓促收场，最后成绩还挺好的，但也没那么好。我觉得从绿子和直子两个女孩入手还挺直接的，要是写渡边，我就会写出一篇罗里吧嗦的自传。

十一月我去了纽约，吃了鸟人拉面，在《星夜》前站了十分钟。

或许比十分钟久,又或许没有那么久,总之一拨一拨的观光客来了又走了,我就一直在那儿站着。

每来七个人,有四个人会掏出手机拍照,有三个人会与它合影,有两个人会说"凡·高真是太棒了",有一个人会说"凡·高也不过如此嘛";而最终七个人都会匆忙而肃穆地走掉。唯一轻松而快活的是看守《星夜》的黑人大哥,西装革履,谈笑风生。

我手里捧着一个封皮上印着《星夜咖啡馆》的本子,夏天在北京西边一个批发市场买的。粗制滥造,画上英文都是胡乱拼出的。尽管如此,我还是装模作样地在上面有一句没一句地写着表意不清的话。黑人大哥凑过来看,非说《星夜咖啡馆》是他的最爱。但是我俩都忘了原画在哪里展出。

可能是阿姆斯特丹吧,黑人大哥猜测。

我赞同道,可能吧。

然后他友善地询问,你是个艺术家吗?

我想了约莫三秒钟,说,但愿吧。

他笑了,说你在这儿站这么久其实挺好的,能体会到我平时见证着人来人往的感受。

我也笑了,是呀。

然后他接着开心地守卫《星夜》，我接着呆滞地盯着《星夜》。一边看着星空上的弯月亮，一边琢磨凡·高是怎样把自己的耳朵割下来的，想着想着就想通了。原来我内心最汹涌的渴望是做一名正常人。

在我指甲上的酒红色开始剥落之际，我意识到三件事。

我的朋友们人都很好，可他们没有一个人是真心喜爱艺术的。

这世上一定有真正喜爱艺术的人存在，可我暂时无法遇见他们。

我当不了艺术家，也不能住在纽约。

十二月我总算把诗集结了，七十三首，一半是大一下学期写的，一半是之后的暑假写的，这个冬天又零零落落补了几首，总算完事儿了。

可是自序拖拖拉拉，挨到新的一年，真是没辙。

许昂

二〇一五年一月十五日零点十九分

目录

伊萨卡很冷　北京很热

飞翔 —— 003
笑容 —— 004
四季 —— 006
墨迹 —— 008
英雄 —— 010
舞蹈 —— 012
觉醒 —— 014
星光 —— 016
向日葵 —— 018
童话 —— 020
意识流 —— 022
春田 —— 024
等候 —— 025
到灯塔去 —— 026

错位	027
拼图	028
十九岁	029
十四行	031

爱人

爱人（之一）	035
爱人（之二）	037
爱人（之三）	038
爱人（之四）	039
爱人（之五）	041
爱人（之六）	042
爱人（之七）	043
爱人（之八）	045
爱人（之九）	047
爱人（之十）	049

我的一年有二十三个节气

立春	053
雨水	054
春分	055
清明	056
谷雨	058
立夏	059
小满	061
芒种	062
夏至	063
涂	064
小暑	065
大暑	066
立秋	067
处暑	068
白露	069

秋分	070
寒露	071
霜降	073
立冬	074
小雪	076
大雪	077
冬至	078
小寒	080
大寒	081

你们我们她们

她	085
我	086
你	087
我们	088
她们	089
你们	090

信口

故人	095
假如生活欺骗了你	097
旅途	098
燃情岁月	100
雕塑	103

歌的词

归去来	107
重来	110
听风	112
高空	114
雪天	118
美梦	120
表白	122
孔雀	125
四月寒	127
最好不相对	129

伊萨卡很冷　北京很热

我用十年一觉的梦

放弃了差强人意的风景

飞翔

我每夜在废墟中醒来
每日在人海中睡去
孤独为酒
沉默是金

可怜如她
在自嘲与反讽中构陷了青春
黑色的脸上扎染绿色愠气
白色的心上密布鲜色皱纹
莫怨时间
时间非狗

我只浮躁地
真诚地
渴望早早知晓
谁来告诉她
和我
如何能够永远
年轻且孤独着

笑容

在阳光和大雪都风头最劲的时候
是没有风的
也没有浪
除非她把天看作海
把云边的白絮看作水花

我可以抿一口散瞳的水
也可以指尖轻拈磨砂的二月
而你可以唱一出聒噪的戏
也可以流两行泪
比溪水还浑浊
比泥泞还清澈

他学黛玉
把破烂的书卷当花儿来埋葬
埋了旧的梦
因而在海里坠落得很彻底
很自由
激起几朵倦怠的水花

一直一直向上坠落

直到

絮状的白

凝滞了呼吸

而我在为谁

流隐形的泪

我眼里又浓又薄的水

明目张胆地隐匿了身形

比大雪还轻盈

比阳光还灿烂

而她在梦里祈祷

盼望一场

冬日的夏雨

哗啦

哗啦

哗啦啦

四季

春风囿于残冬沙哑的呼喊
试图喧宾夺主
写一首甜腻的小调
写深紫色的秋天温柔　包裹
黑色的枯叶　化作
白色的雪　冻住
孔雀蓝色的天

我囿于我的愚蠢无知
跳一支玫红色的舞
却
连连出错
步伐笨拙

而你
囿于自由
囿于明天
囿于

坏事是好事的

死亡是生长的

前进是毁灭的

绿色的

时间

墨迹

我的过去冰冷而孱弱
间杂美丽的刺痛
大多的时候
我想皱眉
脸面却太过麻木

我无奈于叮咬我的蚊虫
挥一挥手
祈求时间把它们带走
我哭泣于时间的冷漠
心神如瞬熄的火
比坚冰还寒冷

她们说
若是哭泣一刻不停
眼瞳将黯
眼泪将淡
黑夜扎染的两汪墨湖

将干

可是她说
墨迹是蚊虫与时间的囚笼
湖水干涸时
它们将变成纸片薄的琥珀
变成几个故事
变成一首
坚硬而温暖的诗

英雄

让我即刻知晓

让我即刻知晓

请让我即刻即刻知晓

是谁悄悄

是谁悄悄吃了我的流黄蛋和枣糕

我的心似流黄蛋一样湿润柔软

我的心似枣糕一样少隙多娇

我的心如此骄傲

我的心如此焦躁

是谁悄悄

是谁悄悄附耳我的心

拦阻它归巢

让我知晓

请让我知晓

我要即刻知晓

如果英雄有肥胖的肚子

他该如何折腰

如果英雄有僵硬的四肢

他该如何弄潮

我的心如此焦躁

我的心如此焦躁

我要知晓

我要知晓

舞蹈

天哪　我只想跳舞

在日落时分的荒秽田园里

在纸醉金迷的沙漠边

在风声似哨声的森林外

在大海上

在风浪中

热情地跳舞

天哪　我只想唱歌

因为马蒂斯也画不出

我喉咙里溢出的音乐

叮咚叮咚啊

叽叽呱呱啊

叮叮咚咚啊

叽里呱啦啦

天哪　我只想跳舞

跑步时我要比夸父还快

生长时我要比盘古还高

跳舞啊

唱歌

唱歌啊

跳舞

觉醒

我在醒来啊
我在醒来啊
不要惊奇
不要打扰
那遒劲有力的弦乐和春天

你可知我的悲苦和倔强
在吵闹的浪涛里不动声色
你可知我的欢欣和怅惘
在岁月的镇定里自相娱乐

你在醒来啊
你在醒来啊
不要归去
且在苍茫而诙谐的交响乐里
把迟暮的梦做完

我听见你鞋跟叩地的鼓点

我嗅到你眼中四散的晦暗

你且等一等呀

等一等我

不要惊奇

不要打扰

让我把那梦做完

再醒转

让我把那梦做完

便醒转

星光

在没有山的地方
群山回响
在没有草的草场
牛羊歌唱
村东头儿的画匠
为村西的小院画墙
画匠的儿子
却偷偷上了房
揭了九片瓦
盛九碗月凉
把十个鸡蛋
画在只有星星的夜空上

当他离开没有草的草原
走进没有树的森林
时而呼呼大睡
时而疲于奔跑
对于将来

他浑然不知

在一年之中最长的夜里
在没有山也没有草的草原里
聆听群山回响
聆听牛羊歌唱
在村西头儿的房顶上
为村东头儿的家
为黑漆漆的夜空
画上一点光

向日葵

矛盾的向日葵
眼中有明媚又粗糙的神色
天真的向日葵
裙子是快乐而滚烫的黄色
我画的向日葵
有十五朵　将活两岁
你艳羡的向日葵
是我画的我

你前往大溪地
赤裸的　黝黑的
潮湿的　奇异的
妇女和野兽无止境生长的
不枯萎也不凋零的
遥远岛屿

疯狂的向日葵
左眼孤单又急躁地跳动

愁苦的向日葵

裙摆笨拙而寂寞地停伫

我画的向日葵

有十五朵　死后将曝尸两百年

你唾弃的向日葵

是我画的我

童话

很久很久以前
世界上有
困在琥珀里的蚂蚁
干冰中修行的蜻蜓
雨水成茧
海水成云

游泳池里的每一滴水都是银杏树叶
银杏树的每一行泪都是飞走的蝴蝶
蝴蝶的每一对翅膀都是四月的雪
五月的每一片雪都是矢车菊暧昧的笑

很久很久以前
世界上有四个季节
下雪的夏天
开花的夏天
矢车菊笑起来的夏天

和最最炎热的夏天

在最最炎热的夏天里
困住蚂蚁的琥珀融化了
念念有词的蜻蜓还俗了
雨水成茧
海水成云
矢车菊笑了

意识流

疯了 疯了 疯了 疯了
萨特和弗洛伊德微笑着看我
我睥睨着天书
冷汗洗礼着脖颈
和脑中的漩涡
斯泰因把她的扣子遗忘在
我战战兢兢又迷迷茫茫的
梦里

完了 完了 完了 完了
我的朋友们
眼睛都很小
我的朋友们
都不爱喝长岛冰茶
我的朋友们
都不懂我写的意识流

好了 好了 好了 好了

我不懂得虚无为何物

我的朋友们眼睛都很小

我的空调遥控器坏了

我的木柄放大镜碎了

我的模糊视线热化了

更模糊

更不懂

好在

我的朋友们

眼睛都很小

春田

春天是宁静安详又可怖的医院
杨树是轻柔飘忽又冰冷的麻醉台
在春天的医院里　杨絮过处
总有一条条案板上的鱼

鱼说　三百
黄牛说　五百
春田里的黄牛并不劳作
边吃掉秧苗
边挤得水牛无处下脚

春天的主人
以高高在上的神情
俯仰之间
扫视着水牛和田地
这时候突然冒出一个查拉图斯特拉
春天还是关了吧
他如是说

等候

你在门后只消失片刻
我却已在心尖上悬挂
一百个龙
二百个马
三百个水
四百个车
我短短地等
我耐耐地等
心口的时光围起一座小城

消毒水的味道要磨蚀我的心
我怎样都不肯

到灯塔去

昨日的世界
是永无止境的沙暴
狡黠而狂躁
我用十年一觉的梦
放弃了差强人意的风景

她时至今时今日也不相信
她的记忆
不是半山碧树
只是垂垂老矣的老妪
她的梦境
不是钴蓝湖水
只是一去无踪迹的归云

因而我一遍又一遍地说着
让我们到灯塔去
让我们到灯塔去

错位

孑孓一个
像一只高傲却细瘦的仙鹤
还不如　钟鼓馔玉
做一群贪杯而麻木的白鹅
曲项向水歌　曲项向谁歌

酒使烦忧溶化
书使烦忧胶着
但愿醉倒在暗无天日的欢谑里
不愿醒来在圣贤人们的囚笼中

我的歌声不能斩断触类旁通的枝杈
却能撕裂自己干涸涩哑的喉咙
我却不管不顾地唱着
把自己迸炸开来
献给已然毁灭的我
让我在自我的天地圆寂吧
我不为了我生
让我为我死去吧

拼图

孤零零地　我孤零零地

用一些碎片拼凑出

一个红裙女人黑色的笑靥

一棵枝桠淌血　根节凝霜的绿树

一名不称职的　过于懂事的孩子

一块长满万朵百合花　却仍旧荒凉的土地

一瓢鼎沸的　嘈杂的　悲痛的　雨水

一窝离散的　飞去的　消失的　鸟儿

我兴高采烈地　兴高采烈地

拼拼贴贴　直到

左脑和右脑都空了

我终于可以放心地笑了

十九岁

十七岁的她迷恋
大快人心　大动干戈的生活
但是妈妈告诉她
无论多么想飞
如果没有风的邀请
就不要

十八岁的她擅长
乖巧和礼貌地等待
因为妈妈告诉她
无论多么想飞
如果没有风的邀请
就不要

十九岁的她有一种撕心裂肺的美丽
在暮色四合时分
从博卡拉的山上

纵身一跃　长出翅膀

妈妈曾告诉她
无论多么想飞
如果风没有主动邀请
就不要

十九岁的她是北方生的燕鸥
可那风不知道　风不知道

十四行

我的爱人已经病入膏肓
她有一颗古旧如深海遗迹的心
和肮脏的眼影
我曾经听她讲
我曾经听她讲
那窸窣的落叶
那洪亮的遥远的晚阳

当我们的城市着了大火
游乐场　信号灯　她凛冽的笑
都熊熊燃烧
都熊熊燃烧
我仍把我们行将死去的年轻
当作春天初开的花
当作一尘不染的红火的穹隆

爱人

她耳垂绵软有如月凉如水

她笑有如星辉

爱人（之一）

我热忱地企盼
一个湿淋淋　沉甸甸　红彤彤的契机
让我遇见你
天下大雨　天下大雨
遇见你颧骨上的两团红晕

我模糊地企盼
一段静悄悄　毛茸茸　绿油油的岁月
让我错过你
草木葳蕤　草木葳蕤
错过你眼睛里的洋洋得意

我顽固地企盼
一个乱哄哄　灰蒙蒙　阴沉沉的地方
让我看见你
倾盆大雨　倾盆大雨
却眼睛一眨不眨地看见明晃晃的你

我聪明地企盼

一段直勾勾　笑盈盈　乌溜溜的时光

让我记住你

每一场大雨　每一场大雨

都有你　都是你

爱人(之二)

可我没爱过

没走过

不曾世故也不曾天真

我想不起过去

更看不见未来

不太会笑

更不会哭

我生好似为了死

死却并不为了生

爱人（之三）

我颤巍巍地
我颤巍巍地想
想天上没有白云
想人间没有你
如果我狭隘
你就该宽宏
如果我卑鄙
你就该高尚
如果我丑陋
你就该好看
可如果我好
你就该坏

但是人间没有你

爱人(之四)

鼓胀的肚皮

不知何去何从的膀胱

不再贲张的血脉

和一个断断续续的脑子

是我

爱憎分明

高尚美丽

蓬勃稳定

是你

可惜伊萨卡的雪太大了

大到埋葬了你的好

却留下我的坏

而我的坏与卑微

与地上的泥泞一起舞蹈　旋转　呼吸

一只蚯蚓

十万只蚯蚓

勉强装作雪边的黑泥

它们不知道

你也不知道

我如何隐秘地做着梦

隐秘地恨着你

爱着你

爱人（之五）

我以为我特别地爱她

爱她平板僵直的身躯和不够丰满的胸脯

爱她空洞的黑眼和布满血丝的眼白

爱她细密如婴儿般的毛发

爱她冬天干涩的唇瓣和夏日颊侧的坨红

她耳垂绵软有如月凉如水

她笑有如星辉

我以为我贪恋她的美貌和美貌里的均匀分布的丑陋

我以为我的贪恋吞噬了她的身体

我以为我的贪婪是她存在的全部意义

我以为我的贪婪填补了我和她都无能填补的存在

爱人(之六)

第五十五封情书
将用滥黏稠而甜蜜的句子
我只好把果酱
灌溉在干涩的文字之上
你若触碰
必然深陷字里行间

第五十五封情书
我仍厌恶他的
不知所以和不知所云
我仍把他丢进小溪里去
或许肮脏或许甜蜜的小溪
我仍不在意

爱人（之七）

我不恨你
我只怕殆尽的夕阳和你的背影

涨潮时狂躁的大海
雷雨里焦黑的树林
哀伤带刺的蒙太奇
这些都是我不怕的

岁月身不由己的憨笑
鼻子发自内心的号哭
你面无表情的表情
这些都是我不怕的

我不怕成为一只撼动记忆的蚍蜉
让最脆弱的最永久
让最模糊的最清幽
我不怕成为一只寄生回忆的蜉蝣

朝生暮死
做最短暂的
也最贪心的那个

我不恨你
我不怕你
我只怕你的背影

爱人(之八)

你走吧
和地上倦怠的云
和水里盲勇的车
一起
和虚与委蛇的俏皮话
和老无所依的赤子心
一起

你在雨滴比烟灰还微小的夜里打伞
你在蝉鸣比死海还寂寞的夜里唱歌
你在我惨淡而单薄的认知里
通体闪耀着金属光泽

金属色的你
走吧

和死海里万千躁动的烟灰一起

和雨夜里秋蝉动情的嘶吼一起
和我惨淡而单薄的认知一起
走吧

爱人(之九)

当我想抚平你的眉头
就在你眼里种两棵绿树
当我想驻扎你的心头
就让你的胸膛荒芜如沙漠
当我寂寞冷清又好奇
就把你的沙漠塞进我的沙漏

若你高傲空虚而年轻
我便掐玉兰花为你献祭
若你服帖空虚正死去
我便双手供奉你雪白的头颅
从日落至三更
从三更至黎明
你重见天日之时
我也会死去

当我也死去

这世上便没有人如我这般
爱你

爱人（之十）

翻越四本《辞海》
抚摸五个艰深的形容词
唱出六行晦涩而矫情的诗句之后
遇见你

秒针步伐呆滞　如履薄冰
分针视线固定　把你紧盯
时针只睡不醒　蝴蝶驻停
年轮却飞快地转过三个世纪

我翻阅六本《辞海》
抚摸五个新潮的形容词
唱出四行朴素而深情的诗句之后
你却成了古语

我的一年有二十三个节气

夏至伤春　冬至悲秋的我

觉得人间是故弄玄虚的梦

立春

我懦弱地　热烈地
追求一个崭新的开始
像发动机温柔地轰鸣
像小提琴乖巧地战栗

冷的时节
我只愿在你身边
有种你比远方高楼还高的
错觉

而今我是温柔却轰鸣的发动机
乖巧却战栗的小提琴
而今你是一根远方的电线杆
伫立在逐渐褪色的苍翠里
再也不见
再也不见

雨水

天降三万雨水
我只取一瓢
浇灌在白纸上

一瓢雨水
自觉自愿地流淌
像一些鱼尾纹
寄居在
画中人眼角旁

春分

残破的　歪斜的
暴躁的　不平衡的
一股脑冲进
美丽的歌谣与舞蹈
我不懂自由
却懂得懊恼

柳条轻拂过
牙牙学语的婴儿
她在跳美丽的舞蹈
唱美丽的歌谣
阴阳半
昼夜均
寒暑平
春风又绿紫竹桥

清明

清明的时候
天地间满是烟蓝的污垢
偶尔掺杂朱红的浮云
不是我画的
我并不会渲染
我只会惊奇与害怕

清明的时候
我宁愿独自一人
在青涩的夜里
荒腔走板地唱着俳句
也不愿迷失在
人声鼎沸
赭石与普蓝交相辉映的
调色板上

清明的时候

颜色是靠不住的

夜色是靠不住的

忽然一场春雨

就把他们洗掉了

谷雨

谷雨的时候我恰巧在流浪
拾起小沙湾的穗尖
对上荆棘岛的麦芒
流浪的时候我恰好在插秧
鸣鸠拂其羽　戴胜生于桑

我知道春天
决定独善其身
在一个温柔而麻痹的夜里离开
留下激动又机械的我
张大两只并不聚焦的眼睛
等待着一些不合时宜的花开

曾经我拥有春天并厌恶春天
后来我没有春天
谷雨的时候我匆匆明白
后悔
是世上最艰难的打算

立夏

打着黑阳伞的女孩

因为一杯黑咖啡而飘飘然

露背的女孩

穿罗马鞋的女孩

生命里有一个模糊的太阳

胡乱使用"的地得"的女孩

胡乱使用双引号的女孩

头顶上悬着一片浑噩的雾

夏天穿得很少的女孩

夏天穿得很多的女孩

语感不好的女孩

语法不好的女孩

把梧桐树认作绿杨

自诩诗人的女孩

拼凑几行木讷的字

以为夏天开始了

以为头顶的雾气是梦

作息紊乱的女孩

只在白天入睡

只在白天呓语

只做浑噩的潮湿的炎热的梦

小满

还未成熟的五月
苦苦期待仲夏的月色
还未彻悟的我
铮铮地认定
世界是平的
当你走了
当你走了许久的路
只要我飞
就会在汗涔涔的仲夏夜
遇见你的
像灯芯草一样绿的眼瞳

可我没有记住你离开的方向
也没有记住你的笑容

芒种

白马跑步经过
扬起一抔红土
养育一场俗不可耐的花开
花在浓稠的艳羡里
一夜白头
沉默地了断在清浅的小溪

匆忙的时令里
没有怜悯

夏至

你前襟载满
白花花的盐巴
我心上满载
黑洞洞的烟疤

汗滴禾下　粒粒辛苦的你
觉得世界是墨绿的沼泽
而你是
藤黄的土和沙

夏至伤春　冬至悲秋的我
觉得人间是故弄玄虚的梦
而我是
十年一觉的梦游人

你和我如此不同
一个流货真价实的汗
一个抽虚无缥缈的烟

涂

蓝黄红紫黑

水渍汗渍周折

异化了的轮廓和色彩

重复的点点面面

灵感在稚嫩上徜徉

与塌为伍

无聊的小屏幕

异化的空间

迷茫的巴比伦塔

一个季节的涂抹

一个已开的无花果

注:《夏至》中的"你"和诗一首。

小暑

一日不见
一岁　两岁　三岁前的你我
有如宽广的田野和旱时的麦浪

一日不见
一秋　两秋　三秋前的你我
时似繁荣的人家　时似涝中的天涯

一日不见
一月　两月　三月前的你我
先是发现彼此都老了
然后长久地惊讶

大暑

哪怕我在故事里埋下那么多伏笔
像麦田里的麦子
像星空上的星宿
那么多的伏笔
你还是仓促读着
草草略过

哪怕我在麦田里苦苦等着你
在星空上苦苦等着你
你还是
兴味索然地走向结局
夏天
就这么过去

立秋

我在被雨和云荫翳的八月里
冷得像一块冰
一块僵硬又快乐的冰
是的
我还活着

你说
今晚会有一场像猫和狗一样的大雨
淋湿猩色的屏风和你的眼睛
你只好在雨中背诵
已凉天气未寒时
孤家寡人画折枝

你说
就在今晚
就在未寒时

处暑

青灰的天下有绛红的脸
矗立的城里有泥泞的心
我们对秋天无知无觉
在暑热里
在云端
亦步亦趋　遍插茱萸

我却觉得不胜寒冷
在多事之秋
行将远离
万丈高楼平地起
可我要回到　山水间去

白露

我生在正确的时节　错误的年代
热爱沙漠　疼痛　和打着秋天旗号的冬天
却恐惧游扬的尘埃　骆驼
和一名道貌岸然的歌唱家

白露为霜　我本不该
白露未晞　我本不该
白露未已　我本不该

不该生在正确的季节
不该生在错误的年代

秋分

我出生在十二年前的秋分
畏惧炎热
眼睛是两盏灯
眼里是全世界
却看不到自己
我可以照亮全世界
却只能勉强瞥见一隅自己的鼻尖儿
所以我庆幸自己的鼻梁是高的
像他
幸好不像她

寒露

寒露到来的时候

我爱的人天空已泛白

如果我还有虚弱的欣喜

我会把他的善良昭告天下

可是我一无所有

如果我哭了

我会告诉他　我那颤抖不停的秘密

我们都心知肚明的秘密

我怀念天有九个太阳的时刻

从不贪冷

我怀念我无所不能的幻想

从不拘束

我爱他

从不敷衍

我写简朴的诗句

从不羞涩

寒露到来的时候
我爱的人天空已泛白
请不要让他独自离开
他该在夜里　可天已白

霜降

哲人说
我们都应该
在霜降的早晨
原谅一个人
然后我们的愿望
就会成真

地上的露水结霜
人间的介怀凝华
哲人腼腆的笑
好像秋叶的浅唱
哲人曲折的唱
好像仙鹤在碧霄

哲人没有说
我将　我却
在霜降的早晨
放下一个人
爱上一个人

立冬

立冬时天下了三寸厚的雪
孤独是两剂即灵的药
我有一个玩伴
但是我抛弃了她
是我先抛弃了她

爸爸说
游子雪中探
家父隔日归
时差方半日
环绕地球追

我在初雪已化为无的伊萨卡
想起遥远的家
我真诚地告诉身边丑陋的山峦
不　我不愿和你说话

爸爸说
立冬雪先睹
学子屋暖书
节气过半日
勤学探征途

我在十一月上旬的伊萨卡
想起遥远的家
想起我在那里做的　毛茸茸的梦
梦里我说了许多话

小雪

阴差阳错

戛然而止

我怕

我明天就认不出自己

好雪知时节

当着离群索居的我

发生

一蹴而就

情不自禁

无地自容

大雪

我在最寒冷的时节
凭空生出一颗热切的心
蹉跎了北方的雪
所以十二月的鸦雀
都无声

我望向你时
你正无助地渴望着
我望向你时
你正贪婪地讴歌着
我望向你时
你正僵硬地描摹着

我在大雪纷飞的时节
痛失了栖居之所
所以痛哭
都无声

冬至

如果有一天
我在海浪和笑声里迷失了双眼
在浅草中淹没了脚掌
我知道
你会袖手旁观
我那沙哑的快乐

如果有一天
你在海边停下了脚步
不再与我同袍同泽
我知道
我会遮掩我的泪水
朝着山行　再不回头

可是我心碎了
碎成千万面似有似无的镜子
碎成千万首流离失所的歌

我没有流泪

可我鼻子红了

小寒

天上下的雨
眼睛里的雨
都不见了
她的生命进入冬天后
便无雨水

她晕晕沉沉地
在走过的路上
留下一些深浅不一的脚印
如履平地

岁月如歌
也如假装活泛的死水
经过三轮发酵
剩下了甜蜜的欺骗和等待
对于悲伤
我们从来甘之如饴

大寒

大寒的时候我发现

我原来没有释怀

历经十八次出发

辜负十八树樱花

虚度十八场澎湃的心潮

我依然没有释怀

我没有释怀

昨日星辰昨日青鸟

昨夜秋蚕昨夜狂风

耿耿于怀　无端无由

我只好啜一壶温酒

便不似子草

便不似转蓬

便不似孤鸠

终于温暖的我

始于每一个昨日

而止于今时

你们我们她们

你们我们她们安全而俗套地一醉方休

醉后方知全是我

她

她的鞋子是万能的绿色
她的眉毛是狭隘的黄色
她的眼睛像金鱼的尾巴
在灰霾的海洋里游来游去
她的心比鱼骨还坚硬
她的心比鱼刺还锋利
她的冷笑可以谱一首宋词
行行萧瑟　字字珠玑

一个戎马倥偬的梦
两只不解风情的黄鸟
三根遗世独立的稻穗
四轮嘈嘈切切的明月
五场仿佛若有的日出
六次曲水流觞的日落
七句聊胜于无的暗喻

行行萧瑟　字字珠玑
一二三四五六七

我

我有着一颗流黄蛋般湿润的心
不分轻重缓急地推敲　我经不起
我有着一头曳地长裙般的黑发
红鞋女孩的注目礼　我经不起
我有着一颗兴趣缺缺的心
你画的画　你拨弄的吉他　我经不起

黄色的椅子　彩色的椅子
黑色的长裙　黑色的眸子
比我瘦的男孩子　比我干枯的女孩子
比我的眸子还湿润的眸子
比我的眸子还胶着的眸子

我那万变又不离其宗的情绪
是有口音的小孩子

你

秃顶的你是秃顶的你们里最好看的你
没秃顶的你是没秃顶的你们里最好看的你
在你的头发还磅礴动人的时候
你那磅礴动人的头发
好看得使我惊讶
惊讶得使我移不开
酒瓶底眼镜后那移不开的目光

红色的花瓣躺在水缸
白色的花瓣躺在水缸
枯萎的金鱼　你磅礴的过去
一起消失在堆满花瓣的水缸

现在的我
只有一条秃顶的金鱼
没有水缸

我们

我们都喜欢飞檐走壁
抱住一根顶天立地的柱子
缘木求鱼

我们都喜欢火光熠熠
穿上中山装　模仿飞蛾
奋不顾身　顾盼生姿

我们都喜欢我
我们都喜欢你
我们之间
只隔一面一贫如洗的
镜子

她们

铅笔在画纸上摩挲

像火车在走

我把脏乱的战场置于身后

安详地画

努力地无中生有

隔壁与我是相邻而无战事的战场

我们顶多　顶多　共用一个水龙头

游览我的战场　需要眼睛

恭听隔壁的战场　需要耳朵

所以她从战壕里探出脑袋的时候

我没有生气

因为她送给我一袋黏牙的夏威夷软糖

因为我只需要画画画儿

就能听见她的干戈

你们

你们
要坐许多的船
要看许多的海
要从鸡零狗碎里抽身出来
幽怨却果敢

你们
要用双手触碰音乐的美丽
要用双脚抚摸滚烫的大地
在伯罗奔尼撒半岛的
半圆形剧场里
假装自己是普罗米修斯
假装自己生无可恋
假装自己是无谓的重复
一年复一年

在飞机上你们向舷窗外看去
看见

一个个珠光宝气的小太阳
在飞机上你们沉沉睡去
眼睫藏起
一个个好奇狡黠的圆月亮

你们
要在海角就着日落
喝两杯
晚霞色的鸡尾酒
安全而俗套地
一醉方休

信口

你就闭一闭眼吧

快乐的日子就会来临

故人

故人
在记忆的沙场上
走笔生花
出卖曾经

一枝浮躁而婀娜的春天柳条
要价两份情
一场无疾而终的奇怪友谊
要价四份年轻
一个爱
无价可标的无价之宝
无人问津

春天的柳条唤作爱
奇怪的友谊也唤作爱
两份情唤作爱
四份年轻也唤作爱

可是爱

故人不稀罕

等冰冻的瀑布化开

等沙漠未老先衰

故人丢掉爱

图个痛快

假如生活欺骗了你

伟大的诗人和能言善辩的励志演说家
为虔诚的聆听者布道
假如生活欺骗了你
你就等一等
快乐的日子总会来临

伟大的演说家和幽默伶俐的小品演员
为迷茫的观众们表演
你就等一等吧
一闭一睁　老了
一睁一闭　去了
你就闭一闭眼吧
快乐的日子就会来临

旅途

他的灵魂

在沼泽里沉睡了十年

因为他需要粉色的纸

粉色的纸啊

更需要一个信封　一张邮票

把自己打包

从沼泽地蚀骨的荒凉里出发

寄往拥挤的天上

天的最高处

天的最尽头

是人海

是粉色的浪花

是粉色的脸颊

密密匝匝　应接不暇

是他难以企及的地方

何夜无月　何处无竹柏
何处是海　何处无海
可缘木的他　竭泽的他
空有粉纸几张
充其量
在浩浩汤汤的沼泽里
建成一个小小的水洼
粉色的小水洼

燃情岁月

空空荡荡的火车在跳秧歌

谁叫它以为自己是只猴子

猴子跳啊跳啊

直到三个女青年气势汹汹地来了

她们自称不倾国

实际也不倾城

倾其所有仰头等待四十五分钟后

噔噔噔登上掉了皮的绿皮火车

害得火车恨恨地哭

她们一来　它就做不成猴子

第一个女青年形容明媚

因为不识字　在说走就走的旅行里

写写画画只用句号

因为脸圆似食堂的烧饼

便假装自己会吹小号

第二个女青年堪称高贵

拥有马丁易生的靴子和哈蕾机车的帽子

渴望奋不顾身的爱情盛开在

她穷山恶水的青春

在安河桥的臭水沟边抽一支寿百年

把烟蒂当作金鳟　昭告全世界

第三个女青年

没有金鳟　却有金龟

她的吉他和头发比靴子更昂贵

她会吉他吗　不会

她会扬起暗哑的头发吗　不会

不过她对绿皮火车的深情和了解

堪称业界之最

火车不想做年老色衰的烟灰缸

它想做只猴子

幸好三个文艺女青年在

饮水猜拳作对的

第四十五秒

一起患上了肺病

旅行说停就停

留下总算幸福的火车

做一只　病入膏肓的　冷暖自知的　猴子

雕塑

眉骨在热望和烧灼中出炉
眼角和唇畔淌满流苏
富丽堂皇的
大费周章的雕塑

不过扎根在一片灰云上

糜艳的旗袍
在胸口处从容地腐烂
年久失修的
踟蹰的速朽的雕塑

你是金子
也是光鲜亮丽的错误

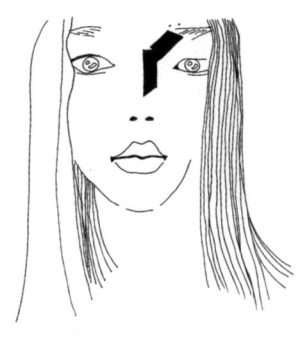

歌的词

与你一壶浊酒喜相逢

蹲坐于门槛上听风

归去来①

她将她笑容归还
她将她的爱恨敞开
她将不再心碎她依旧不忏悔
她双眼无光看不见将来

她拎起嫣红裙摆
她赤脚走向神坛
只是所谓神坛
不过是谁空洞的脑海
谁的脑海

你歌颂爱你诋毁爱
尽管你根本不曾去爱
只懂占有或徘徊
你歌颂爱你诋毁爱
尽管若问爱是什么
你一定说不出答案

她痛恨无谓的纠缠

她向往自由的去来

可是这自由

偏偏绑缚了她微茫的存在

于是她不离开

她听从安排

她以为生命与生活本无关

她无需谁的关怀

倘若她一时贪欢

她便注定一生贪婪

她踩碎裙摆

她抛弃神坛

她厌弃你空洞的脑海

你歌颂爱你诋毁爱

尽管你根本不曾去爱

只懂占有或徘徊
你歌颂爱你诋毁爱
尽管若问爱是什么
你给不出答案

她痛恨无谓的纠缠
她向往自由的去来
可是这自由
偏偏绑缚了她微茫的存在

于是她不离开
她听从安排
她以为生命与生活本无关
她无需你的关怀

---

① 原曲《Born to Die》。

重来[1]

我越过白色的山峦
夜夜笙歌的心下凡
拥抱温润的云脉
亲吻飞翔的尘埃
田园已芜回归自然

从前我性本爱丘山
后来我刁蛮而荒诞
乘上虚度光阴的专列
却停在不该停的站
遇见不同路的旅伴

玩闹不经意间天已晚
和青春没道别就走散
倒映着落日的人海
人海中飞扬的雾霾
而我是艘将沉的船

回家的路如此艰难

回家的心如此蹒跚

我飞过白色的山峦

把笙歌的日子丢在半山

飞过温润的云脉

飞过静谧的尘埃

质本洁来去还自然

---

① 原曲《Boulevard of Broken Dreams》。

听风[1]

与你一壶浊酒喜相逢
蹲坐于门槛上听风
风在唱令人牙疼的歌
唱破音时梦已三更

梦醒来是荒村野城
你的脸是一团迷蒙
我顿时大彻大悟
不做梦的我终于一个人

白云和苍狗一齐立正
去偷窃我记忆里的疼
你是我唯一认真的疯
疯言疯语疯魔成活也不能

白云和苍狗一齐得逞
脑海里你样貌不再清澈

你是我唯一认真的疼

疼痛疼傻疼倦疼到最后

却把你忘了

如果今生不重逢

就让风为你

唱首跑调的挽歌

---

①原曲《红玫瑰》。另：这是十首歌词里我最得意的一首。

高空①

机场人潮涌动
我在离别的入口
心中的许多话
演变成笑容
频频回首
笑容依旧秽浊
比眼泪还苦涩

作别几个人
不再做几个梦
出发地的哀乐
也终告一段落
当我在登机口
手里有一个包裹
和几句嘱托

飞机正升空

邻座鼾声正浓
睡意正蒙眬
胸膛不安起伏
心中的波折
有如困兽
颓然沉进睡梦

万米的高空中
我在思索什么
飘渺的琢磨
如机舱般浮着
心中的坎坷
如何能比得过
耳旁的轰鸣声

轰鸣声搅清梦
没错过饮料车

空姐正忙着

给酒鬼们倒红酒

我欲醉解乡愁

又嫌太做作

只好清醒着

万米的高空中

我在盼望什么

未来的寄托

刹那间变孱弱

失重后发现

我其实不清楚

追求何种结果

万米的高空中

我在缅怀什么

旧景和旧人物

一并飞去抓不住

失去后发现

我万分侥幸的

是曾经的拥有

机长宣布降落

安全带要紧扣

原地动弹不得

任昨天远走

一万米高的思绪翻涌

不胜寒冷

暂且留在这高空

---

①原曲《泡沫》。

雪天[①]

脚下是冰　埋葬尘埃
手中是冷　冻结心脉
哈气是白　自在撒欢
眼中是雾　沉默四散

雪片千万别飞去离我太远
多希望你翩跹在我眼前
带我去嗅冬天白色的血液
哪怕我步伐沉重呼吸缠绵

雪片千万别坠落脚下泥土间
如你的微笑碾碎在地面
若陪伴的代价是你的毁灭
我宁愿你与风私奔向天

我的虚妄可是自谦
我的安慰可是欺骗

我的在意可是苟且

我的世界是白　还是飞雪

雪片千万别飞去离我太远

多希望你翩跹在我眼前

带我去嗅冬天白色的血液

哪怕我步伐沉重呼吸缠绵

雪片千万别坠落脚下泥土间

如你的微笑碾碎在地面

若陪伴的代价是你的毁灭

我宁愿你与风私奔向天

---

①原曲《虹之间》。

美梦①

转眼成空
你做了好大一个美梦
梦里现实有和蔼脸孔
梦里怀才不遇是传说

梦里的你成天兴冲冲
梦里的爱总是情浓浓
梦里三分钟的劳动长过永久
梦里四秒钟的灵光举轻若重

梦里孤僻改名叫特立独行
梦里游手好闲改名叫聪明
梦里坏脾气是真个性
梦里云端走最脚踏实地

梦里你说但愿长梦不愿醒
梦里你笑梦外世界太空虚

梦里你今生唯一一次得意

因为你做的梦就是自己

①原曲《二十岁的某一天》。

表白[①]

心跳在竞走

血液在倒流

伤口结痂笑容挂霜垂坠在胸口

你的踪影仍没有

我却已在灯火阑珊处

千万次回眸

不成功便成仁

好过沉默中沉沦

我没表白的天分

却要试探这万分之一的可能

大无畏的真诚

小慎微的温吞

若连承认都不肯

只好错过这万分之一的缘分

期盼在颤抖

未来在退缩
一颦一笑一举一动恐怕是幻梦
你的踪影仍没有
我却已在火树银花中
糜烂了念头

不成功便成仁
好过沉默中沉沦
我没表白的天分
却要强求无论多微茫的可能
大无畏的真诚
小慎微的温吞
如果承认都不肯
只好错过这若有若无的缘分

不成功便成仁
不成功便叫停沉沦

我没表白的天分
却要这与你有未来的可能
不成功便成仁
不成便不再沉沦
不成便知无缘分
不成便知无可能

可我知我最真诚
哪怕我如何温吞
如今也要承认
我这样地爱一个人

①原曲《问》。

孔雀①

一树　碧蓝的眼
眨眼目光潋滟
是黑白瞳孔的艳羡

一展　墨绿的野
野羽埋藏千篇
偏挑衅单调的人间

美过高飞的鸿雁
无可厚非素面朝天
怎能得审美者留恋

冷过琐碎的麻雀
无可厚非甘为瓦全
怎拥有碎玉的果决

绿得像玫瑰蓝得像火焰踮骄傲的脚尖
开屏的孔雀阖上了心防大方展示鲜艳

可知鲜艳太笨拙美丽太沉重也不胜惶恐
有了尾巴没了翅膀飞不向东西南北中

可知疏离的树枝枝上的叶子叶叶相交通
骄傲的孔雀开屏的孔雀不能冷清始终

---

①原曲《百年孤寂》。

四月寒①

城市上空浑浊而灰蒙
城市下方惶恐又迷惑
我的晚餐
是黑的雨和雪
就着歌颂爱情的音乐
生出并不孤单的错觉

时光客已经迫不及待
想赠予春花几多宠爱
殊不明白
立春的名分
难以验证美梦的存在
孤单与季节变换本无关

一抿绿茶
口涩如春天未发的枝芽
一如往常

盼不及二月剪刀至檐下

温暖如你
可知最美梦却开在霜降
厚爱的人
丢弃错的温暖追寻寒冷

---

①原曲《我本人》。

最好不相对[1]

我不能离开白日的堡垒

我不能委屈稀少的沉醉

痴痴嗔嗔　叨叨念念　唧唧碎碎

我不肯斩断心里的祟

我不愿包容恨里的美

欲念短浅　身心黑暗　还是想飞

你不知道

你不知道

你不知道

我纵然万分渴望万分狼狈

也明白

最好不相对

便可不相会

你不知道

你不知道

你不知道

我并不知你姓谁名谁心想谁

何时落地

何时飞

①没有原曲。

图书在版编目（CIP）数据

惊蛰 / 许昂著. -- 武汉：长江文艺出版社，2015.9

ISBN 978-7-5354-8080-4

Ⅰ. ①惊… Ⅱ. ①许… Ⅲ. ①诗集－中国－当代 Ⅳ. ①I227

中国版本图书馆 CIP 数据核字(2015)第 127974 号

责任编辑：沉 河　胡 璇　　　　　责任校对：陈 琪
装帧设计：王莉慧　　　　　　　　　责任印制：左 怡　包秀洋

出版：长江出版传媒　长江文艺出版社

地址：武汉市雄楚大街 268 号　　　邮编：430070
发行：长江文艺出版社
电话：027—87679360
http://www.cjlap.com
印刷：北京雅昌艺术印刷有限公司

开本：850 毫米×1168 毫米　　1/32　　印张：4.875　　插页：2 页
版次：2015 年 9 月第 1 版　　　　2015 年 9 月第 1 次印刷
行数：2531 行

定价：28.00 元

版权所有，盗版必究（举报电话：027—87679308　87679310）
（图书出现印装问题，本社负责调换）